サラダ記念日

tawara machi

俵万智

河出書房新社

サラダ記念日　目次

装丁　菊地信義
写真　田村邦男

サラダ記念日

八月の朝

この曲と決めて海岸沿いの道とばす君なり「ホテルカリフォルニア」

空の青海のあおさのその間(あわい)サーフボードの君を見つめる

砂浜のランチついに手つかずの卵サンドが気になっている

陽のあたる壁にもたれて座りおり平行線の吾と君の足

捨てるかもしれぬ写真を何枚も真面目に撮っている九十九里

まだあるか信じたいもの欲しいもの砂地に並んで寝そべっている

ぼってりとだ円の太陽自らの重みに耐ええぬように落ちゆく

オレンジの空の真下の九十九里モノクロームの君に寄り添う

寄せ返す波のしぐさの優しさにいつ言われてもいいさようなら

向きあいて無言の我ら砂浜にせんこう花火ぽとりと落ちぬ

沈黙ののちの言葉を選びおる君のためらいを楽しんでおり

左手で吾の指ひとつひとつずつさぐる仕草は愛かもしれず

思い出の一つのようでそのままにしておく麦わら帽子のへこみ

また電話しろよと言って受話器置く君に今すぐ電話をしたい

ごめんねと友に言うごと向きおれば湯のみの中を父は見ており

気がつけば君の好める花模様ばかり手にしている試着室

大きければいよいよ豊かなる気分東急ハンズの買物袋

午後四時に八百屋の前で献立を考えているような幸せ

あいみてののちの心の夕まぐれ君だけがいる風景である

君を待つ土曜日なりき待つという時間を食べて女は生きる

球場に作り出される真昼間を近景として我ら華やぐ

我がカープのピンチも何か幸せな気分で見おり君にもたれて

生ビール買い求めいる君の手をふと見るそしてつくづくと見る

一年は短いけれど一日は長いと思っている誕生日

四百円にて吾のものとなりたるを知らん顔して咲くバラの花

「また電話しろよ」「待ってろ」いつもいつも命令形で愛を言う君

落ちてきた雨を見上げてそのままの形でふいに、唇が欲し

にわか雨を避けて屋台のコップ酒人生きていることの楽しさ

オクサンと吾を呼ぶ屋台のおばちゃんを前にしばらくオクサンとなる

おみせやさんごっこのような雑貨店にて購いし君の歯ブラシ

「寒いね」と話しかければ「寒いね」と答える人のいるあたたかさ

一生（ひとよ）かけて愛してみたき人といて虚実皮膜の論を寂しむ

通るたび「本日限り」のバーゲンをしている店の赤いブラウス

湯豆腐を好める君を思いつつ小さな土鍋購いており

人住まうことなき家の立ち並ぶ展示会場に揺れるコスモス

真夜中に吾を思い出す人のあることの幸せ受話器をとりぬ

「じゃあな」という言葉いつもと変らぬに何か違っている水曜日

信じたいけれどと思う木曜は軽薄色のTシャツを着る

この時間君の不在を告げるベルどこで飲んでる誰と酔ってる

今君も聞いておるらんＴＢＳラジオ　笑いの途中で切りぬ

「俺は別にいいよ」って何がいいんだかわからないままうなずいている

わからないけれどたのしいならばいいともおもえないだあれあなたは

同じもの見つめていしに吾と君の何かが終ってゆく昼下がり

それならば五年待とうと君でない男に言わせている喫茶店

いつか君が歌ったこんな夕暮れのハートブレイクホテルの灯り

吾をさらいエンジンかけた八月の朝をあなたは覚えているか

ハンバーガーショップの席を立ち上がるように男を捨ててしまおう

男というボトルをキープすることの期限が切れて今日は快晴

愛人でいいのとうたう歌手がいて言ってくれるじゃないのと思う

君を待つことなくなりて快晴の土曜も雨の火曜も同じ

野球ゲーム

たっぷりと君に抱かれているようなグリンのセーター着て冬になる

卵二つ真剣勝負で茹でているネーブルにおう日曜の朝

泣き顔を鏡に映し確かめる　いつもきれいでいろと言われて

愛持たぬ一つの言葉　愛を告げる幾十の言葉より気にかかる

皮ジャンにバイクの君を騎士として迎えるために夕焼けろ空

線を引くページ破れるほど強く「信じることなく愛する」という

君と食む三百円のあなごずしそのおいしさを恋とこそ知れ

満員の電車の中に守られてうぶ毛ま近き君の顔見る

いつ見ても三つ並んで売られおる風呂屋の壁の「耳かきセット」

君といてプラスマイナスカラコロとうがいの声も女なりけり

どうしても海が見たくて十二月ロマンスカーに乗る我と君

江ノ島に遊ぶ一日それぞれの未来があれば写真は撮らず

フリスビーキャッチする手の確かさをこの恋に見ず悲しめよ君

海に石投げる青年我を見ず海の色して無頼たるべし

我のため生ガキの殻あける指うすく滲める血の色よ愛（は）し

約束を信じぬ君は波の来ぬところに砂のお城をたてず

まちちゃんと我を呼ぶとき青年のその一瞬のためらいが好き

潮風に君のにおいがふいに舞う　抱き寄せられて貝殻になる

「嫁さんになれよ」だなんてカンチューハイ二本で言ってしまっていいの

我が膝に幼児の重み載せながら無頼派君が寝息をたてる

砂浜を歩きながらの口づけを午後五時半の富士が見ている

走ルタメニ生マレテキタンダ　ふるさとを持たない君の海になりたい

「冬の海さわってくるね」と歩きだす君の視線をもてあます浜

愛ひとつ受けとめかねて帰る道　長針短針重なる時刻

砂浜に二人で埋めた飛行機の折れた翼を忘れないでね

一プラス一を二として生きてゆく淋しさ我に降る十二月

相聞歌なべて身に沁むこの夕べ一首残らず丸をつけおり

君の髪梳かしたブラシ使うとき香る男のにおい楽しも

君を待つ朝なり四時と五時半と六時に目覚まし時計確かむ

「30までブラブラするよ」と言う君の如何なる風景なのか私は

この部屋で君と暮していた女の髪の長さを知りたい夕べ

寒くない？　宙ぶらりんの君一人寄らば大樹の世を生きてゆく

タクシーの河の流れの午前二時眠り続ける横断歩道

今日風呂が休みだったというようなことを話していたい毎日

我だけを想う男のつまらなさ知りつつ君にそれを望めり

「今日で君と出会ってちょうど500日」男囁くわっと飛びのく

母の住む国から降ってくる雪のような淋しさ　東京にいる

これからの二ヵ月のこと何もかも思い出として始まる二月

気づくのは何故か女の役目にて　愛だけで人生(ひと)きてゆけない

最後かもしれず横浜中華街笑った形の揚げ菓子を買う

さよならに向かって朝がくることの涙の味でオムレツを焼く

バレンタイン君に会えない一日を斎(いつき)の宮(みや)のごとく過ごせり

初めての口づけの夜と気がつけばぱたんと閉じてしまえり日記

過ぎ去ってゆく者として抱かれおり弥生三月さよならの月

春を待つ心を持たぬ三月に遅咲きの梅君と見ている

たった一つのことが言えずに昼下がり野球ゲームに興じる二人

ツーアウト満塁なれば人生の一大事のごと君は構える

上り下りのエスカレーターすれ違う一瞬君に会えてよかった

咲くことも散ることもなく天に向く電信柱に吹く春の風

ブライダル・ベールという名の植物を窓辺に吊す我が青春忌

朝のネクタイ

東北の博物館に刻まれし父の名前を見届けに行く

ひところは「世界で一番強かった」父の磁石がうずくまる棚

月曜の朝のネクタイ選びおる磁性材料研究所長

稀土類元素（レア・アース）とともに息して来し父はモジリアーニの女を愛す

「また恋の歌を作っているのか」とおもしろそうに心配そうに

おみやげの讃岐うどんが社名入り封筒の中からあらわれる

妻のこと「母さん」と呼ぶためらいのなきことなにかあたたかきこと

おしぼりで顔を拭くとき「ああ」という顔見ておれば一人の男

電話から少し離れてお茶を飲む聞いてないよというように飲む

やさしさをうまく表現できぬこと許されており父の世代は

風になる

手紙には愛あふれたりその愛は消印の日のそのときの愛

書き終えて切手を貼ればたちまちに返事を待って時流れだす

待つことの始まり示す色をして今日も直立不動のポスト

あなたにはあなたの土曜があるものね　見て見ぬふりの我の土曜日

四つめの誘い断る日曜日なんにもしない私の時間

無頼派と呼びたき君の中に見る少年の空澄みわたるなり

ふうわりと並んで歩く春の道誰からも見られたいような午後

見る前に翔ばず何を見るのかもわからずけれどつるつる生きる

目を閉じてジョッキに顔を埋める君我を見ず君何の渇きぞ

二時間でシンデレラとなる吾を前に核戦争の話などする

君の言う核戦争のそのあとを流れる水にならんか我と

「おまえオレに言いたいことがあるだろう」決めつけられてそんな気もする

梅雨晴れのちりがみ交換　思い出もポケットティシュに換えてくれんか

ただ君の部屋に音をたてたくてダイヤル回す木曜の午後

「30で俺は死ぬよ」と言う君とそれなら我もそれまで生きん

時速80　君の背中で風になるつながっている腕だけが今

胸もとに去年の水着の跡を持つ女が海に誘われている

万智（まち）ちゃんがほしいと言われ心だけついていきたい花いちもんめ

八十年ぽっちの人生拒むことだらけの二十一歳の何故

我という三百六十五面体ぶんぶん分裂して飛んでゆけ

「そのうちに」電話する気もない君に甘えた声で復讐をする

真青なる太陽昇れ秋という季節に君を失う予感

やみくもに我を愛する人もいて似ても似つかぬ我を愛する

29になって貰い手ないときは連絡しろよと言わせておりぬ

異星人のようなそうでもないような前田から石井となりし友人

聞かされる低血圧の弊害を星占いの次に信じる

一日を終って指の上にあり少し曇れるコンタクトレンズ

本当はおまえがみんな見てるのね小さき丸き粒にささやく

見しことの濁りを洗い流すごとコンタクトレンズ強く滌(すす)げる

饒舌なるバースデーカード購いぬ我の空白埋める文字たち

何してる？　ねぇ今何を思ってる？　問いだけがある恋は亡骸

ダイレクトメールといえど我宛のハガキ喜ぶ秋の夕暮れ

酔っていた君の言葉の酔い加減はかりかねつつ電話を待つも

鳴り続くベルよ不在も手がかりの一つと思えばいとおしみ聴く

君のため空白なりし手帳にも予定を入れぬ鉛筆書きで

愛ひとつ受けとめられず茹ですぎのカリフラワーをぐずぐずと噛む

鉢植えのパセリと我の関係に我らをたとえてみる君といて

ヨコハマは港の見える丘公園恋人同士に見えるであろう

街頭のパントマイムに足を止め目と目が合ったようなしばらく

ゴッホ展ガラスに映る我の顔ばかり気にして進める順路

その日から生き方変えたという君のその日の記憶吾には見えない

我も君もただ「ヒト」とのみ記されて人体見本になりたき夕べ

食べたいでも痩せたいというコピーあり　愛されたいでも愛したくない

思いきりボリュームあげて聴くサザンどれもこれもが泣いてるような

夏の船

ゆっくりと大地めざめてゆくように動きはじめている夏の船

紙テープ風に切られてゆく夏の鑑真丸で上海(シャンハイ)に行く

濃紺の東シナ海沖に来てただ空であるただ波である

今日までに私がついた嘘なんてどうでもいいよというような海

デッキにはそれぞれの風それぞれの話しかけられたくない時間

船室の窓から見える島々に名前あることふいに不可思議

食卓のビールぐらりと傾いてああそういえば東シナ海

大陸に我を呼ぶ風たずさえてミルクキャラメル色の長江

王朝の装束で舞う中国の少女　無風の真夏のように

「迂回せよ！」生きるぎらぎら上海は自転車と工事中の多い街

四ツ角を曲がるトラック青島(チンタオ)のビールが悲鳴をあげる上海

なつかしい町となるらん西安(シーアン)に今日で二度目の洗濯をする

日本を離れて七日セ・リーグの首位争いがひょいと気になる

ふるさとのたんぼと同じ西安に揺れるエノコログサを見ている

ひまわりの黄色をいくつかちりばめてシルクロードへ続くこの道

兵馬俑何百何十何体の思考直立したまま眠る

楊貴妃の住まいを見れば吾のために池掘る男一人は欲しい

幼な子の吐息のようなさざ波を浮かべておりぬ真夏の黄河

朴夫妻を三日観察しておれば夫婦はついに恋人である

朴夫人のあるかないかの嫉妬心感じて歩く朴氏と私

乾陵（けんりょう）の頂上に風　どこまでも続くモザイク畑見ている

くだもののなべてすっぱい町なりき西安に朝の風は生まれる

のぼりたての太陽つれて立っている大雁塔(ターイエンター)よさよなら西安

にっぽんの言葉を笑っているような平原に目は疲れ果ててる

パスポートをぶらさげている俵万智（たわらまち）いてもいなくても華北平原

日焼け止めクリームを塗ってきた顔が米粒色にひかる洛陽

「二個一円（ニコイーチエン）！」みやげもの売る中国の少女群がる雷雨のように

日本にいれば欲しくはならぬのに掛け軸を買う拓本を買う

木陰にてバスを待ちおり洛陽は生まれる前に一度来ていた

洛陽に「バナナリンゴ」というリンゴを売る少年の足長かりき

大陸を西へ西へと行く列車　海を見たがる目を閉じている

土色の汗をかいてる寝台に悲鳴のような警笛を聞く

竹林に目まいのような蟬の声聞きおり我は一本の竹

ハンカチを膝にのせればましかくに暑い杭州体温の町

銭塘江大橋(せんとうこうおおはし)遠く見ておれば緑の列車が風を切り取る

いつのまにか吾を「マッチャン」と呼んでいる王(ワン)さんがいて小蔣(シャオジャー)がいて

長江を見ていたときのTシャツで東京の町を歩き始める

モーニングコール

モーニングコールの前のエチケットライオンの泡の中に始まる

君の待つ新宿までを揺られおり小田急線は我が絹の道

さくらんぼ少しすっぱい屋上に誰よりも今愛されている

腕時計見る吾の仕草いとおしむ人あり「静」という字を思う

君の香の残るジャケットそっと着てジェームス・ディーンのポーズしてみる

「人生はドラマチックなほうがいい」ドラマチックな脇役となる

ダウンタウンボーイの歌を聴きながらミルク飲む朝　君に会いたし

唐突に君のジョークを思い出しにんまりとする人ごみの中

いまだ見ぬ海の色してときめけり手帳に九十九里と書きこむ

たそがれというには早い公園に妊婦の歩みただ美しい

おそらくは来ることのない明日なら語りつくして眠らんとする

何の鳥？　おまえがサイコーサイコーと啼いて目覚める五月の朝だ

母性という言葉あくまで抽象のものとしてある二十歳(はたち)の五月

バレンシアオレンジしかもつぶ入りの100パーセント果汁のように

食パンとビールを買いにつっかけを履いて並んで日曜の朝

12という数字やさしき真夜中に君の声聴くために生きてる

いつもより一分早く駅に着く　一分君のこと考える

酒まんじゅうのみを並べる店の前朝ごと通るのちのやすらぎ

吾と君を繋いでいたかもしれぬものふっつり切れて十六夜の月

新しき恋はあらぬか求めてもおらぬ夕べにつぶやいてみる

君と見し「青い帽子の女」の絵彫刻の森に今もうつむく

一週間会わざりければ煮返して味しみすぎた大根となる

コップ酒浜の屋台のおばちゃんの人生訓が胃に沁みてくる

君と観る画面いっぱいラブシーンよく似た仕草の主演男優

モーニングコールのあとのフランスパン一段とばしに昇れ階段

左手で文字書く君の仕草青（ブルー）　めがねをはずす仕草黄みどり

愛してる愛していない花びらの数だけ愛があればいいのに

小春日の早稲田通りのちんどん屋見ルナ見ルナというように行く

橋本高校

万智(まち)ちゃんを先生と呼ぶ子らがいて神奈川県立橋本高校

教室にそれぞれの時充たしおる九十二個の目玉と私

吾大、克二、健一、秀明――それぞれに命名をせし高ぶりを読む

街を行くセーラーカラーの少女らは人を待たせている急ぎ足

青春という字を書いて横線の多いことのみなぜか気になる

ようやっと名前覚えし子どもらの答案それぞれの表情を持つ

黒板に文字を書く手を休めればほろりと君を思う数秒

髪型もウエストもまた生徒らの話題なるらし教壇の上

出席簿、紺のブレザー空に投げ週末はかわいい女になろう

センセイを評する女子中学生の残酷揺れる通勤電車

ひたすらに墨をする中浮かびくるもの打つごとくさらに墨する

真夏日に雪という字と火という字浄書している教室の隅

一点に戻らんとする心あり墨より黒きものは塗られぬ

忘れたきことのみ多き六月にガラス細工の文鎮を置く

洗い場に筆をすすぎて不規則に流れるものに心ひかれぬ

「路地裏の少年」といぅ曲のため少しまがりし君の十代

薄命の詩人の生涯を二十分で予習し終えて教壇に立つ

トロウという字を尋ねれば「セイトのト、クロウのロウ」とわけなく言えり

長い長い手紙を母に書いている八月三十一日の夜

消しゴムを八十円で新調す　時計のベルト変えて二学期

廊下にて生徒と交わすあいさつがちょっと照れてる今日新学期

「おやっ!?」という言葉流行(はや)りて教室の会話大方オヤッオヤッで済む

「西友」の看板だけが明るくて試験監督している窓辺

シャンプーの香をほのぼのとたてながら微分積分子らは解きおり

この子らを妊りし日の母のことふと思う試験監督しつつ

親は子を育ててきたと言うけれど勝手に赤い畑のトマト

数学の試験監督する我の一部始終を見ている少女

待ち人ごっこ

君を抱くティンカーベルになりたくてパールピンクのフラットシューズ

見送りてのちにふと見る歯みがきのチューブのへこみ今朝新しき

陽の中に君と分けあうはつなつのトマト確かな薄皮を持つ

二番目に愛されたればそれゆえに決められており「愛人タイプ」

いい男(ヤツ)と結婚しろよと言っといて我を娶らぬヤツの口づけ

それぞれに待つ人あればライオンズの話などして別れ来る午後

「ほら」と君は指輪を渡す「うん」と吾は受けとっているキャンディのように

吾を捨ててゆく人が吾の写真など真面目に撮っている夕まぐれ

泣いている我に驚く我もいて恋は静かに終ろうとする

冷えてゆく心最後に少しだけ熱くなったか別れの場面(シーン)

吾と君のうしろの正面どこにある顔あげられぬままの満月

明けてゆくＴＯＫＩＯの隅の販売機にて購いし二本のコーラ

見送っているかもしれぬ女(ひと)の名が浮かんでしまう空を見ている

いつか来た都の西の丘の上サンシャインビルに手を振っている

ガーベラの首を両手で持ちあげておまえ一番好きなのは誰

そのかみの狭野茅上娘（さののちがみのおとめ）には待つ悲しみが許されていた

菜種梅雨やさしき言葉持つ国を歩む一人のスローモーション

栗三つ茹でて一人の秋とせり遠くに君の海感じつつ

街頭の占い師吾に結婚の兆し見ゆとう声をひそめて

小さめの恋してみたき秋の夜　パセリわずかに黄ばむベランダ

テーブルの上に小さなヤシの木を飼っており一人の朝のため

ため息をどうするわけでもないけれど少し厚めにハム切ってみる

シクラメンが花をつけ直立する朝(あした)　吾に見えそうで見えない何か

思い出はミックスベジタブルのよう　けれど解凍してはいけない

わけもなく旅立つ人を追いきれずかわりばえせぬ我の日常

エアメール海を渡りて掌(てのひら)の上に小さな愛ある不思議

恋をすることまさびしき十二月ジングルベルの届かぬ心

アンティックドールのように装ってまだ隠せないにごりえがある

約束のない一日を過ごすため一人で遊ぶ「待ち人ごっこ」

何の泣く寂しい声よふりむけば湯気立てはじめたる電気釜

恋をした'85年が暮れてゆく部屋には我とデヘンバギアと

「クロッカスが咲きました」という書きだしでふいに手紙を書きたくなりぬ

原色の国より届く絵葉書を見ており夢の続きのように

あかねさすテラスはつかに春を告げくるんと次の葉を出すアビス

コーヒーのかくまで香る食卓に愛だけがある人生なんて

サラダ記念日

サ行音ふるわすように降る雨の中遠ざかりゆく君の傘

旅立ってゆくのはいつも男にてカッコよすぎる背中見ている

一年ののちの私の横顔は何を見ている誰を見ている

思い出す君の手君の背君の息脱いだまんまの白い靴下

ゴアという町の祭りを知りたけれどここはそらみつ大和の国ぞ

地下鉄の出口に立ちて今我を迎える人のなきことふいに

誰を待つ何を吾は待つ〈待つ〉という言葉すっくと自動詞になる

一山で百円也のトマトたちつまらなそうに並ぶ店先

そら豆が音符のように散らばって慰められている台所

陽のにおいくるんでタオルたたみおり母となる日が我にもあらん

ゆく河の流れを何にたとえてもたとえきれない水底(みなそこ)の石

角砂糖なめて終ってゆく春に二十二歳のシャツ脱ぎ捨てん

奪い合うことの喜び一身に集めてはずむラグビーボール

君の愛あきらめているはつなつの麻のスカート、アイスコーヒー

どうしても歩幅の合わぬ石段をのぼり続けている夢の中

不可思議な生物としてあるわたし愛がなくても献血をする

コンタクトレンズはずしてまばたけばたった一人の万智(まち)ちゃんになる

むらぎもの心おもいっきり投げんきっと天気になる明日のため

よく進む時計を正しくした朝は何の予感か我に満ちくる

会うまでの時間たっぷり浴びたくて各駅停車で新宿に行く

物語始まっている途中下車前途無効の切符を持って

改札に君の姿が見えるまで時間(とき)の積木を組み立てていん

職場から駆けつけて来し汝の肩に男印の黄金(きん)の糸くず

ナイターの風に吹かれている君のグレープフルーツいろの横顔

明日まで一緒にいたい心だけホームに置いて乗る終電車

出張先の宿より届く絵葉書を見ておりアリバイ写真のように

ハンカチを取り出す君の綿シャツのチェックに夏の蝶が来ている

「この味がいいね」と君が言ったから七月六日はサラダ記念日

トーストの焼きあがりよく我が部屋の空気ようよう夏になりゆく

ワイシャツをぱぱんと伸ばし干しおれば心ま白く陽に透けてゆく

たそがれ横丁

夕焼けてゆく速度にてコロッケが肉屋の奥で揚がり始める

白菜が赤帯しめて店先にうっふんうっふん肩を並べる

びっしりと少女の爪をはりつけているような鯛ギラリ魚屋

缶詰のグリンピースが真夜中にあけろあけろと囁いている

五百円札のうす青色の中キャベツが笑う〈たそがれ横丁〉

左右対称の我

ふるさとに住む決意して眼閉ずればクライクライとこっそり聞こゆ

迷いつつ時は過ぎゆく悔みつつまた過ぎてゆくえび茶色して

選択肢二つ抱えて大の字になれば左右対称の我

母と焼くパンのにおいの香ばしき真夏真昼の記憶閉ざさん

行くのかと言わずにいなくなるのかと家を出る日に父が呟く

東京へ発つ朝母は老けて見ゆこれから会わぬ年月の分

買い物に出かけるように「それじゃあ」と母を残してきた福井駅

太陽(ひ)の真下　平和の平は平凡の平と思いき　何を捨てたか

この町の住人となる我のため菜の花色のスリッパを買おう

隣人がふとんを干している気配　窓開ける音春めいている

一日の疲れを吐き出しまた乗せて夕闇めぐる山手線は

我が髪を三度切りたる美容師に「初めてですか」と聞かれて座る

事件とも呼べず右手の上にある一人暮しの腐ったレモン

誰からも忘れ去られたような夜隣の部屋にベル鳴りやまず

鉢の土乾かせておりこの三日まるで復讐するかのように

母からの長距離電話青じそとトマトの育ち具合を話す

五分間テレビ出演する我のために買われしビデオ一式

いるはずのない君の香にふりむいておりぬふるさと夏の縁日

恋愛のことはやめろと諭されて嫁入り道具の一つか歌も

ちぐはぐな会話交せり母と娘(こ)のつながり信用しすぎていたか

疑ってみたい日もあるたらちねの母の娘で娘の母で

初恋の人をまだ見ぬ弟と映画観に行く　きれいでいたい

吾の好きなサザンオールスターズを弟も聴く年頃となる

二階から見る母の傘ぽっと赤　いわさきちひろの絵になっている

庭に出て朝のトマトをもぎおればここはつくづくふるさとである

Tシャツをつるりと脱げば丁寧に母の視線にたどられている

いなりずし母と作ってこの夏のピリオド麻の実を噛みしめる

チョコレートパフェを好める弟を抱きしめてまたふるさとを発つ

送られて来し柿の実の柿の色一人の部屋に灯りをともす

今日中になんとかせねば　母からの松茸少し面倒である

なんとなく冬は心も寒くなる電話料金増えて木枯らし

熱心に母が勧めし「ユースキンA」という名のハンドクリーム

期限つき周遊券にて帰省する　ふるさとは吾の途中下車駅

バス停で礼儀正しくふるさとの言葉をつかう少年に会う

雪の上駆けゆく子らの長ぐつがマーブルチョコのようで　ふるさと

なんでもない会話なんでもない笑顔なんでもないからふるさとが好き

母と娘が女と女になってゆく　嫁に行きたい年頃である

ぎんなんの実を炒りながら家族というやさしい宇宙思うておりぬ

年賀状の名前を見つつ人間の分類をする今年が終る

ふるさとの我が家に我の歯ブラシのなきこと母に言う大晦日

一人住む部屋のポストを探るときもう東京の顔をしている

水仙のうつむき加減やさしくてふるさとふいに思う一月

元気でね

思索的雨の降りいるグランドに向きあいて立つサッカーゴール

さくらさくらさくらさくら咲き初め咲き終りなにもなかったような公園

ぎこちなきあいあい傘を追いぬけばなんでもないことはずんでおりぬ

すれ違いざまに会釈を交せしはいつもの八百屋のあんちゃんなりき

紫のもっとも淡き一群れに想いをのせんあじさいの花

玉ネギをいためて待とう君からの電話　ほどよく甘み出るまで

新製品のボディシャンプー購えばシャワーを浴びるための夕暮れ

思いきり愛されたくて駆けてゆく六月、サンダル、あじさいの花

金曜の六時に君と会うために始まっている月曜の朝

一時間たっても来ない　ハイソフトキャラメル買ってあと五分待つ

土曜日はズックをはいて会いに来るサラリーマンとは未知の生き物

白よりもオレンジ色のブラウスを買いたくなっている恋である

オムライスをまこと器用に食べおれば〈ケチャップ味が好き〉とメモする

カニサラダのアスパラガスをよけていることも今夜の発見である

頼もしく仕事の話する君の頼もしさだけ吾は理解する

たまに吸うマイルドセブンライトには納得ゆかぬ煙もあらん

エビフライ　君のしっぽと吾のしっぽ並べて出でて来し洋食屋

愛告げてしまいたけれどもう少し安全地帯を離れておかん

我が友はクリームコロッケ揚げておりなんてったって新婚家庭

「平凡な女でいろよ」激辛のスナック菓子を食べながら聞く

スーパーの棚にて熟れてゆくトマト　冷凍野菜より悲しいか

ハンカチを忘れてしまった一日のような二人のコーヒータイム

駅員の「お疲れサマ」という言葉微妙に届く心の疲れ

７（な）・２（に）・３（さ）から７（な）・２（に）・４（よ）に変わるデジタルの時計見ながら快速を待つ

「元気でね」マクドナルドの片隅に最後の手紙を書きあげており

この坂を越えれば海へ続く道　黄色の信号するりと抜ける

ジャズコンサート・IMA

ギター弾く男の口の半びらき　音とリズムの土砂降りジャズは

脇腹に規則正しく打つ杭のゆくえも知らぬドラムの響き

たて波とよこ波交差するところアンプの上に立つ缶ビール

男たち二曲目あたりを終えるころ音符まみれのわたくしになる

ステージを写し続けるカメラマン彼も何かを奏でておりぬ

殺し屋のようにカメラを覗きこむ青い空気の層をまとって

銀色のトランペットを吹く肩にマイクの影がはりついている

コンサート果ててライトがほの白く笑う日常までのしばらく

ステージの上に寝そべるコードたちとろけて落ちた五線のように

ジャズのあと歩く地下街海鳴りのような店頭販売の声

昨晩のジャズのうねりの埋み火の耳のまん中むずがゆき朝

路地裏の猫

サヨナラがミリの単位となるまでに卵の殻をつぶしておりぬ

不快指数信じて過ごす木曜日元気がないのは天気のせいだ

寂しくてつけたテレビの画面には女が男の首しめており

吾の部屋のキーホルダーにつながれて時々首を振る赤い牛（べこ）

朝刊のようにあなたは現れてはじまりという言葉かがやく

文庫本読んで私を待っている背中見つけて少しくやしい

中二日（なかふつか）あけて手紙を書いている今シーズンをのりきるために

スパゲティの最後の一本食べようとしているあなた見ている私

自転車のカゴからわんとはみ出してなにか嬉しいセロリの葉っぱ

三脚とカメラをいつも連れて来る　二人っきりでいようよ今日は

「おやすみ」をあなたに言ってもう今日は鳴らなくていい電話と思う

天気予報聞きのがしたる一日は雨でも晴れでも腹が立たない

やさしいね陽のむらさきに透けて咲く去年の秋を知らぬコスモス

駅までのいつもの道のまがり角そよりとポストに近づく一人

明日会う約束をしてこんなにも静かに落ちる眠りのみどり

今我を待たせてしまっている君の胸の痛みを思って待とう

隅田川に冬のはじめの風吹いて緊張している土手の草々

つり人を乗せて到着する船にシャッターを切るまなざしがいい

天ぷらをささやくように揚げる音聞きおり三時半のそば屋に

今あなた仕事のことを考えていたのね「え？　ああ」なんて答える

白猫と目が合っている路地の裏　時の割れ目と思う下町

ひとつだけ言いそびれたる言の葉の葉とうがらしがほろほろ苦い

子どもらが十円の夢買いに来る駄菓子屋さんのラムネのみどり

立ったままはふはふ言って食べているおでんのゆげの向こうのあなた

ポケットのたくさん付いたジャンパーが似合うあなたと思うアメ横

宝くじを買って二人の逃避行もしもの世界地図を広げる

なにかこう君のやさしさ震わせてふぉとぐらふぁという語の響き

改札を儀式のように通りぬけ行ってしまった青いセーター

思い出になるには早い写真見て吾の表情を確かめている

チャンネルを回し続けて三回の「また来週」を告げられており

いつもアメリカン

忘れたいことばっかりの春だからひねもすサザンオールスターズ

「スペインに行こうよ」風の坂道を駆けながら言う行こうと思う

トンカツにソースをじゃぶとかけている運命線の深き右手で

ハッピーなカード出るまでくり返すトランプ占い大好き少女

沿道にマラソン選手見る人の群れの二人となる日曜日

注文はいつも二つのアメリカン　相思相殺かもしれないね

広島のことばで愛をちゃかしてるあるいはちゃかされようとしている

もうそこにサヨナラという語があって一問一答式の夕暮れ

愛された記憶はどこか透明でいつでも一人いつだって一人

跋*佐佐木幸綱

俵万智さんとはじめて会ったのは、早稲田の第一文学部の教室だった。彼女が大学三年のときだったかと思う。たまたま、週一回の私の授業をとっていた。そんなあるとき、夏休みの前だったか後だったか記憶は定かではないが、彼女から手紙をもらった。簡単な自己紹介、授業の感想、日々の生活のこと等々があって、最後に「私も短歌をつくってみたいんですが……」といった意味のことが書かれてあった。

筆無精の私は、返事を書こうと思いつつ、ついつい返事が遅れた。教室には来ているはずだが、二〇〇人近くいる大教室ではだれが手紙をくれた俵万智さんなのか、まったく見当もつかない。こちらからは、話しかけようがないのだ。そうこうして一、二週間が過ぎるうちに、続けざまに彼女から何通もの手紙がきた。私などでも、ときどきちょっとおかしな女性から連日の手紙をもらうことがある。最初は、またそれかなと思ったりもした。が、字はきれいだし、ウィットが利いている文章も魅力的だ。文章に独特のリズムと張りがあるのもいい。書きたいことがたくさんある、根っから書くことが好きな少女らしい。私は、とにかく五七五七七の文章を書いて教室に持っていらっしゃい、と返事を書いた。

はじめて会ったのは、そんな返事を書いた翌週の教室であった。

予想とはずいぶん違った女子学生が教壇にやってきた。現在、高校の教員である彼女にこんなことを言うと怒られるかもしれないが、ぱっと見たとき、私は高校生かと思った。小柄なだけではなく、仕草や目の動かし方などが、どことなく高校生めいていた。彼女はそのとき「生まれてはじめての短歌です」と言って、そう、三〇首くらい短歌を持ってきたと思う。原稿用紙にきれいに清書されていた。

それからほとんど毎週、じつにたくさんの短歌をつくって持ってきた。あふれるように、という表現ではまだるっこしい、噴き出すように短歌ができるようであった。おそらくは彼女の内部に眠っていた自らの音楽が、短歌形式に出会うことで目覚め、始動し、鳴動しはじめたのであった。自身の内部の音楽を発見した、と言い換えてもいい。休火山が活火山に変わる初期の状態はそんなだろうと思わせるほど、烈しく歌が噴き出してくるようであった。

やがて「心の花」という私などのいる短歌雑誌の会員となった俵万智さんは、そこで若い仲間の何人かと出会った。彼女は彼らと競い合うことで、みるみるうちにそのもって生まれた音楽の旋律を鮮明にしていったのだった。本歌集中の作品は、こうして生まれたのである。

一昨年の角川短歌賞で「野球ゲーム」が次席になり、次いで「八月の朝」が昨年の第三二回角川短歌賞受賞作となって、俵万智の歌は歌壇の話題をさらった。さらに、新人類とかライト・ヴァースとか、ちょうど頃合の流行語等と出会うという巡り合わせもあって、話題の輪は歌壇の外側へも広がっていった。

では、俵万智の歌のどこが、新人の名にふさわしい新しさなのか。

まず、口語定型の文体の新しさ。昭和初期と戦後を二つのピークとして、口語短歌が盛んに行われたことがあった。だから口語短歌そのものは新しくもなんともないのだが、彼女の短歌は口語でありながら、そのほとんどがきちっと五七五七七の定型リズムに乗っている。字余り、字足らずがほとんどない。
かつての口語短歌は破調に寛容であり過ぎた。具体的に言えば、語尾の処理がうまくゆかなかったのだった。俵万智の歌は、会話体を導入し、文末に助動詞が来る度合を減らす工夫をほどこしてある。このあたりがかつてのそれと一味違うのである。

「嫁さんになれよ」だなんてカンチューハイ二本で言ってしまっていいの
今日風呂が休みだったというようなことを話していたい毎日
「俺は別にいいよ」って何がいいんだかわからないままうなずいている
愛人でいいのとうたう歌手がいて言ってくれるじゃないのと思う

どれもぴたり五七五七七で書かれている。もう一点は、失恋の歌としての新しさである。今あげた四首を見てもあきらかだが、石川啄木の歌に代表されるような、明治末年来ずっと長いあいだ短歌のトレード・マークだった暗さとしめっぽさとは完全に無縁な失恋の歌である。
ここでの男と女の関係は、思わせぶりな陰影などをとっぱらってしまったそれだ。どこまでもからりとして、明るい。作中人物は、最初っから深刻さが似合わないキャラクターとして登場している。煩悶とか懊悩とか、失恋につきものだった心の情況からまったく自由である。

俵万智の歌の愛読者に若い女性が多いのは、そんなところに、これまでの文学作品や歌詞のたぐいには見られなかった現代の女性の気持ちのほんとうの部分が、ふっと露出しているからなのだろう。

砂浜のランチついに手つかずの卵サンドが気になっている

「平凡な女でいろよ」激辛のスナック菓子を食べながら聞く

日常のディテイルが急に角ばって突出する。日常的価値感がそのまま男と女の場面にぬっと顔を出す。これまで心理の陰影というヴェールに隠して、見ないふりをしてきた裸の心の在り様が、ちらっとむき出しになっているこのあたりが、たぶん失恋の短歌として新しいのである。

歌集誕生に立ち会ったものの一人として、この歌集が、多くのよい読者と出会うよう祈りつつ、跋を記した。

サラダ記念日あとがき

原作・脚色・主演・演出＝俵万智、の一人芝居——それがこの歌集かと思う。ご観覧くださったかたに心から感謝しつつ、私はまだ舞台の上にいる自分を発見する。幕はおりていないのだ。生きることがうたうことだから。うたうことが生きることだから。きのうの私の物語は、あしたの私の物語へとうたいついでゆかれねばならないだろう。それが一冊をまとめおえた、いまの私の思いである。

「野球ゲーム」で第三十一回角川短歌賞の次席となり、「八月の朝」で第三十二回の同賞を受賞した。恵まれたスタートだったと思う。歌をつくりはじめてから約四年。その間の作品のなかから四三〇余首を選び、この集におさめた。年齢でいえば二十歳のおわりから二十四歳のいまに至るまで、ということになる。

私と歌との出会いは、すなわち佐佐木幸綱氏との出会いであった。早稲田の文学部で、そのエネルギッシュな講義を聴き、魅了される。歌人だということを知る。

歌集を読む。とりこになる。そして私は歌をつくりはじめた。
もし、佐佐木幸綱に出会わなかったら。もし、佐佐木幸綱が歌人でなかったら。もし……それにこたえる言葉を、私は知らない。考えるのがこわい。そしてそのこわさを感じるとき、あらためて〈出会い〉というものの大きさを思うのである。
出会いは偶然だった。が、いま私が歌をつくりつづけていることは、偶然ではない。表現手段として、私は歌を選んでいる。惚れてしまったのだ、三十一文字に。一三〇〇年間受けつがれてきた、五七五七七という魔法の杖。定型のリズムを得た言葉たちは、生き生きと泳ぎだし、不思議な光を放つ。その瞬間が、好きなのだ。
短いということは、表現にとってマイナスだろうか？　そうは思わない。自分のなかの無駄なごちゃごちゃを切り捨て、表現のぜい肉をそぎおとしてゆく。そして最後に残った何かを、定型という網でつかまえるのだ。
切り捨ててゆく緊張感。あるいは切りとってくる充実感。それが短歌の魅力だと、私は思っている。
「あなたの歌がいいから、本にしたい」。そういって長田洋一氏は、突然私のまえにあらわれた――河出書房新社「文藝」編集者。以前「万智さんには、いつも幸運の風が吹いてくるね」と言った人がいる。幸運の大風が吹いてきたのだ。私の歌集を出してやろうだなんて、そんな良心的なこと？　をしていて大丈夫なんだろうか。この会社、つぶれるんじゃないだろうか――よけいなお世話かもしれないが、そう思った。が、もちろん思っただけで、私はありがたくこの風に身をまかせることにした。あとは私のよけいな心配が、まさによけいな心配になってくれることを、祈るばかりである。

私の一人芝居に舞台をあたえてくださった長田洋一氏。舞台監督をつとめてくださった北羊館の中川昭氏。舞台美術の菊地信義氏。佐佐木幸綱先生からは跋文を、荒川洋治・高橋源一郎・小林恭二の各氏からは推薦の言葉を、祝福の花束としていただいた。写真は田村邦男氏のお手をわずらわせた。

みな、私の歌をあたたかく見守ってきてくださったかたがたである。そして、いつも励ましの声援を送ってくれた歌誌「心の花」の兄貴たち。伊藤一彦・小紋潤…名前をあげたらきりがない。すべての人に、心からお礼を申しあげたい。

一人芝居が、一人では決して打てないということを、身にしみて感じている。ありがとうを言わなくてはならない人たちの顔を、ひとりひとり思い浮かべていたら、涙がこぼれそうになった。私にとっていちばんの幸運の風は、ほんとうに素晴らしい、たくさんの人たちにめぐり会い、見守られてきたことだ。そしてこの歌集をきっかけに、今度は私の作品たちが素敵な出会いをしてくれることを、心から願っている。

角川短歌賞の受賞の言葉のなかに「さて、これからなのかこれまでなのか」と書いた。一冊をまとめおえて、いよいよその思いは深い。いつも「これから」の私でいられるよう、がんばっていきたいと思う。

料理が好きで海が好きで手紙が好き。人いちばいホームシックのくせに、東京でひとり暮らし。おっちょこちょいで泣き虫で、なんにでもびっくりしてしまう。なんてことない二十四歳。なんてことない俵万智。なんてことない毎日のなかから、一首でもいい歌をつくっていきたい。それはすなわち、一所懸命生きていきたいということだ。

生きることがうたうことだから。うたうことが生きることだから。

一九八七年三月

俵　万智

俵万智（たわら・まち）

一九六二年、大阪府に生まれる。八五年、早稲田大学第一文学部卒業。八六年、作品「八月の朝」五〇首で第三二回角川短歌賞を受賞。八七年、第一歌集『サラダ記念日』を刊行。同書で第三二回現代歌人協会賞を受賞。他の歌集に、『かぜのてのひら』『チョコレート革命』『プーさんの鼻』『オレがマリオ』など。また、与謝野晶子の『みだれ髪』を訳した『チョコレート語訳 みだれ髪』、評論『愛する源氏物語』、小説『トリアングル』など、著書多数。

新装版
サラダ記念日　俵万智歌集

一九八七年 五 月 八 日　初版発行
二〇一六年 七 月三〇日　新装版初版発行
二〇二五年 四 月三〇日　新装版9刷発行

著　者——俵　万智
発行者——小野寺優
発行所——株式会社河出書房新社
東京都新宿区東五軒町二—一三
電話（〇三）三四〇四—一二〇一（営業）
　　（〇三）三四〇四—八六一一（編集）
https://www.kawade.co.jp/

印刷——株式会社暁印刷
製本——小泉製本株式会社

Printed in Japan　ISBN978-4-309-02488-2